MÚSICA
CERA
CERA
A
E
E

LAGARTOS
PROFESORES
IGUANAS
BULBOS
BULBOS

CÓMO CUIDAR DE TU PROFESORA

Texto: Jean Reagan

Ilustraciones: Lee Wildish

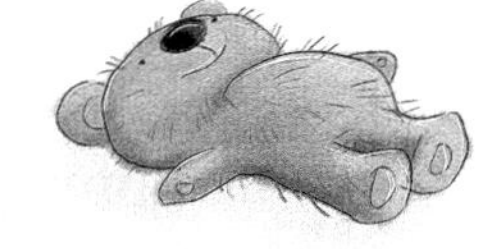

Picarona

A los profesores de todo el mundo. Sois realmente maravillosos
—J.R.

Puedes consultar nuestro catálogo en www.picarona.net

CÓMO CUIDAR DE TU PROFESORA
Texto: *Jean Reagan*
Ilustraciones: *Lee Wildish*

1.ª edición: febrero de 2018

Título original: *How to Get Your Teacher Ready*

Traducción: *Raquel Mosquera*
Maquetación: *Isabel Estrada*
Corrección: *Sara Moreno*

Edita: Picarona, sello infantil de Ediciones Obelisco, S. L.
Collita, 23-25. Pol. Ind. Molí de la Bastida - 08191 Rubí - Barcelona - España
Tel. 93 309 85 25 - Fax 93 309 85 23
E-mail: picarona@picarona.net

ISBN: 978-84-9145-149-8
Depósito Legal: B-1.506-2018

Printed in Spain

Impreso en España por ANMAN, Gràfiques del Vallès, S. L.
C/ Llobateres, 16-18, Tallers 7 - Nau 10, Polígon Industrial Santiga
08210 - Barberà del Vallès (Barcelona)

Estás preparado para el primer día de colegio,
pero... ¿y tu profesora?

Haz que se sienta bienvenida con
una sonrisa extragrande. Después...

CÓMO DAR LA BIENVENIDA A UNA PROFESORA:

Cantad una canción de buenos días.

Enséñale tus rincones favoritos de la clase.

Si pregunta: «¿Por qué no tengo una taquilla?», señala los cajones que tiene en su mesa.

Dile al oído: «Yo sé dónde está el cuarto de baño, por si alguna vez tienes que ir».

Los días de colegio son ajetreados, así que asegúrate de que está preparada para...

✫ Arte – Abróchale la bata antes de que ocurra un desastre.

✫ Hora de biblioteca – Enséñale dónde están los libros sobre iguanas.

✫ Hora de la comida – Comparte tu secreto: «Te ponen más espaguetis si dices *por favor*».

Cuando llegue la hora de irse a casa, dile a tu profesora:
«¡Hoy has hecho un buen trabajo! ¿Estás preparada para mañana?».

A medida que avanza el curso, hay cosas especiales para las que prepararse, como...

DÍA DE LA FOTO ESCOLAR

- Recuérdale a tu profesora: «No comas nada pringoso».

¿Magdalenas de chocolate? ¡No!

¿Rosquillas cubiertas de azúcar? ¡No!

¿Granadas superjugosas?

¡No!

- Échale un vistazo a su pelo. ¿Necesita un peine?

Después, en vez de decir «Pa-ta-ta», decid: «¡Pro-feeee!».

¡Perfecto!
Ahora ya podéis comer cosas pringosas.

... o un CONCIERTO DE VACACIONES...

Si tu profesora está nerviosa, enséñale a acercarse de puntillas al extremo del telón y ábrelo un poquito. Una vez que haya visto a su familia, estará lista para «¡La, la, la!».

... o EL DÍA 100 DE COLEGIO.

Que todo el mundo se prepare para:

- Saltar arriba y abajo 100 veces.

- Plantar 100 bulbos.

☆ Contar 100 dedos de los pies.

☆ Y si todavía os queda tiempo, para contar 100 chistes.

Algunos días, incluso cuando tu profesora está preparada, las cosas no salen como estaban planeadas:

☆ La mascota de la clase se escapa.

☆ Todos los planetas se caen cuando entra el director.

☆ O la lluvia lo estropea todo.

¿Cómo puedes arreglarlo? ¡Rápido, pásale alguno de vuestros libros favoritos!

Cuando *por fin* termine el día, dile: «No te preocupes. Mañana *todos* estaremos preparados para un nuevo día».

Tu profesora sabe muchas cosas, ¡pero no lo sabe todo!
Así que, pregúntale: «¿Estás preparada para... sorprenderte?».

DESPUÉS ENSÉÑASELO TODO SOBRE:

- Flores de la selva, enormes y apestosas.

- Qué les gusta comer a los elefantes, a los topos, a los colibríes y a las plantas carnívoras.

☆ Los sonidos de un mono aullador.

«¡UH-UH! ¡AH-AH! ¡UH-UH!».

☆ Cómo la magia a veces sucede muy despacio.

Cuando llega la primavera, ¡vamos a pasar un día en el campo!

CÓMO PREPARAR A TU PROFESORA PARA UN DÍA EN EL CAMPO:

Ayúdale a escoger
sus zapatos más rápidos
y átale los cordones
con un nudo doble.

¿Tiene agua?
¿Su sombrero?
¿Protección solar?

Ahora todos a gritar: «PREPARADOS, LISTOS...»

«... ¡YAAAAA!».

El Día del Maestro, no tienes que preparar a tu profesora.
Lo que quieres es... *sorprenderla*.

CÓMO HOMENAJEAR A UNA PROFESORA:

- Que todo el mundo se vista de su color favorito.
- Decid «profesora» en todos los idiomas que tu clase conozca.

Regaladle algo especial, pero ni hablar de...

Una planta de la *selva* enorme y apestosa.

Una escultura de hielo para su mesa.

Una caja de bombones abierta.

Cuando acabe el curso, prepara a tu profesora para una última cosa...: la DESPEDIDA.

CÓMO DESPEDIRSE DE UNA PROFESORA:

- Decorad una tarjeta de agradecimiento con todo lo que habéis aprendido.
- Rodeadla para darle un abrazo grupal de toda la clase.
- Regálale una última sonrisa extragrande.

Ahora tu profesora está preparada para una nueva clase.
Tú también estás preparado para un nuevo curso, pero...

Tu profesora te recordará para siempre.
Y tú la recordarás a ella.

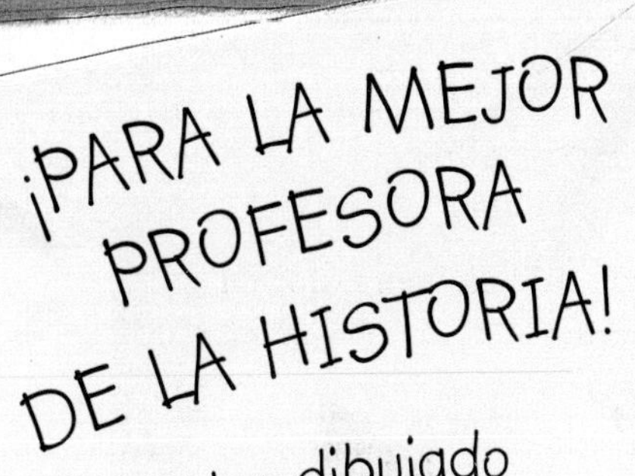

Te he dibujado
un coche nuevo.

GRACIAS POR
ENSEÑARME
COSAS
NUEVAS.

Profe, me
esforzaré al máximo
cada día y me portaré
muy bien.